들국화 연가

임재화 제 2 시집

시음사
시사랑 음악사랑

자연에서 시를 대출 받는 시인 임재화

시인이 시를 쓰는데 그 소재를 어디서 가져오는지 궁금하다. 어떤 사람은 이성 관계에서 또는 세상사는 이야기를 또 어떤 사람은 자신을 고독 속에 가두고 그 속에서 시를 찾는 사람도 있다. 하지만 가장 많은 문인들이 자신의 작품 속에 자연을 담고 있다. 그러기에 시는 읽는 독자로 하여금 오감으로 느낄 수 있는 잔잔한 감동을 주고 있는 것이다. 바로 임재화 시인의 작품들 속에는 자연을 그려 그 속에서 사람이 살아가는 데 필요한 꿈과 희망과 사랑을 보여주고 있다.

임재화 시인은 자신이 살아오면서 저축해두었던 자연 속에서 눈으로 본 것과 귀로 들은 것 그리고 가슴에 품었던 사연을 시적 상상력으로 형상화하고 무의식적 핵심감정과 문제의식들을 의식으로 일깨워주고 자신의 감정을 인식하게 해주는 작품을 쓰려 노력하는 시인이다. 시의 가장 기본인 상징(symbol)과 은유(metaphor) 그리고 이미지(image), 리듬(rhythm)과 같은 시적 도구(poetic tools)를 활용하여 내적 감정을 충분히 표현함으로써 정서적인 안정을 가져다주면서 시를 통해 현대를 살아가는 독자 한 사람이라도 치유되기를 기도하는 마음으로 시를 짓는다.

임재화 시인의 첫 시집 "대숲에서"가 많은 독자로부터 인정을 받았다. 이번 두 번째 시집을 출간하면서 이제 임재화 시인은 문단에 우뚝 설 것이다. 그만큼 자신의 책임감 또한 따를 것이다. 세상을 치유할 수 있는 그러면서 세상을 살면서 다친 마음까지도 치유할 수 있는 임재화 시인만의 표현력이 잘 나타나 있는 작품집 "들국화 연가"를 추천하고 싶다.

사단법인 창작문학예술인협의회 이사장 김락호

시인의 말

언제나 시(詩)를 지을 때마다 정성을 다해 맑은 향기나는 시를 지을 수 있기를 어느 시인은 간절히 소망하고 있습니다. 우리네 평범한 사람들의 일상이 늘 버거운 삶이라 할지라도 맑고 고운 시의 인연이 닿아, 독자들의 마음 밭에 싹을 틔워서 마음만큼은 늘 맑고 고운 향기 전해질 수 있도록 기도합니다. 부족하지만 시인의 순수한 감성으로 지은 시를 또다시 선별하여 제 2 시집을 내게 되어서 행복합니다. 인연이 닿게 되어 시를 읽고 감상할 수 있는 독자들의 마음에도 작은 위안이 되고, 현실에서의 버거운 삶에 지친 영혼을 위로받을 수 있기를 간절히 기대합니다.

마음속에 소중히 간직해 두었던 시심을 그대로 묵혀두지 않고 꺼내어 시를 쓸 수 있도록 격려해주신 사단법인 창작문학예술인협의회 김락호 이사장님과 대한문인협회 여러 문우 시인님들 그리고 도서출판「시음사」편집부에도 깊이 감사드립니다. 끝으로 무엇보다도 사랑하는 가족에게 고마움을 표하고 싶습니다.

2015년 가을
대전에서 임재화 시인

시인의 말

하얀 종이에 검은 글씨로
내 마음 담아내어 글 지을 때
언제나 맑은 맘 좋은 글이 되어서
마음 고운 임들께 드리고 싶어요

이렇게 글로써 처음 만나더라도
늘 곁에서 서로 만난 것처럼
마음만 함께하면 멀리 떨어져 있어도
바로 곁에서 있듯이 느껴집니다.

날마다 마음을 갈고 닦아서
언제나 아름다운 말과 글 쓰고
우리네 삶이 늘 버겁게 느껴지더라도
힘든 맘 무거운 맘 내려놓고서

늘 즐거움 누릴 수 있게
맑은 옹달샘 물이 퐁퐁 솟아나듯이
고운 우리말을 찾아서
좋은 글로 풀어내어 드리고 싶다.

언제나 그럴 수만 있다면
우리들의 좋은 맘과 글을 담은 샘물은
맨 처음 옹달샘에서 솟아올라 흘러서
마침내 큰 바다에 다다를 거야

그리하면 살아가는 날마다
마음 무겁고 어깨 처지는 버거운 삶을
스스로 힘차게 헤쳐 이겨낼 수 있고
좀 더 즐거운 삶을 누릴 수 있겠지요

– 「 맑은 맘 좋은 글 」 전문

QR 코드　스마트폰으로 **QR** 코드를 스캔하면
시낭송을 감상할 수 있습니다.

　제목 : 들꽃 학교
시낭송 : 박영애

제목 : 앙증맞은 버찌
시낭송 : 이은숙

　제목 : 빛고운 다기
시낭송 : 박순애

제목 : 대숲에서
시낭송 : 박영애

　제목 : 능소화 연가
시낭송 : 이은숙

제목 : 낙엽
시낭송 : 노금선

　제목 : 빛고운 달님
시낭송 : 최명자

제목 : 만추
시낭송 : 박영애

　제목 : 들국화 연가
시낭송 : 박영애

제1부 들국화 연가(戀歌)

제2부 빛고운 다기(茶器)

제3부 맑은 맘 좋은 글

제4부 소박한 행복

제5부 대숲에서

제 1 부 들국화 연가(戀歌)

먼 산자락 저만치서
휘하고 달려오는 가을바람이
살며시 나뭇잎 어루만질 때

이제 떠나도 여한이 없는
빛 고운 단풍 잎사귀
서늘한 바람 앞에 몸을 맡기고

하나둘 낙엽 되어서 떨어져
맑게 흐르는 계곡 물 벗 삼아
정처 없이 두둥실 떠나갑니다.

들꽃

조용히 두 손을 모아서 맞잡고
늘 한결같은 마음으로 오롯이
고운 임의 모습 내 가슴에 품으면

그냥 아무런 말 하나 없어도
임의 작은 가슴 깊은 곳 맑은 마음
한 송이 들꽃으로 곱게 피었습니다.

푸른 하늘에 하얀 뭉게구름 일면
저만치서 불어오는 산들바람이
방긋 웃는 꽃잎을 살며시 어루만질 때

티 없는 구슬처럼 맑은 아침 이슬
작은 꽃잎마다 방울방울 맺혀있는데
다소곳이 고개 숙인 빛 고운 꽃송이
차마 부끄러워 얼굴을 붉힙니다.

들꽃 연가

나는 한 송이 작은 들꽃
찾는 이 하나 없어도
그리 외롭지는 않습니다.

언제나 정답게 찾아와서
늘 함께 놀아주는 꿀벌과
나비 친구가 있으니까요.

나는 한 송이 고운 들꽃
찾아오는 이 하나 없어도
산들바람에 꽃향기 실어서

가슴속 곱게 간직한 순정
오롯이 사모하는 임에게
그리움을 전하고 싶어요

한적한 풀밭의 노란 들꽃
수줍은 모습을 간직하고서
다소곳이 임을 기다립니다.

가곡 작 詩 / www.youtube.com에서
[들꽃 연가 / 수주 임재화 시 / 곡 다비오]를 감상할 수 있습니다.

꽃길 따라서

꽃길 따라서 걸어보자
들꽃 향기 은은하게 풍깁니다.

꽃길 따라서 웃어보자
고운 들꽃이 활짝 웃습니다.

꽃길 따라서 걷노라면
작은 꿀벌들이 나를 따르고

산들 바람결에 실려서
꽃잎이 저 멀리 날아갑니다.

가곡 작 詩 / www.youtube.com에서
[꽃길 따라서 / 수주 임재화 시 / 곡 다비오]를 감상할 수 있습니다.

오월의 노래

저만치서 산들바람이 불어오면
개울가의 나른한 수양 버드나무
초여름 한낮의 따가운 햇볕 쬐면서
말없이 하늘하늘 춤추고 있습니다.

한 줄기 시원한 바람이 불어오면
거리에 하얀 이팝나무 꽃 솜들이
타박타박 걸으며 지나는 길손의
어깨 위로 살포시 내려앉을 때

어느새 오월이 시작되어서
먼 산에 연둣빛 물감 번지듯하고
때 이른 초여름의 싱그러움으로
온 세상 초록으로 수놓았습니다.

가곡 작 詩 / www.youtube.com에서
[오월의 노래 / 수주 임재화 시 / 곡 다비오]를 감상할 수 있습니다.

푸른 계곡

백두대간 자락마다
나날이 신록이 짙어만 가고
푸른 계곡에는 맑은 물이
은구슬처럼 반짝이며
바위를 휘돌아 감돌아 흘러간다.

깎아지른 천 길 절벽 틈에
강인하게 뿌리를 내린
허리 굽은 소나무의 굳센 기상에
그냥 바라만 봐도
가슴이 탁 트이면서 맑아진다.

계곡 따라 오르며 마음 머물고
살랑 불어오는 바람결에 실려 오는
그윽한 꽃향기 맡으며
버거운 삶의 찌든 때를 모두 다
저 멀리 허공으로 날립니다.

등꽃 연가

호젓한 숲길을 지나가는데
등나무 넝쿨이 낭창 늘어진 곳에
주렁주렁 포도송이 매달린 듯이
보랏빛 등꽃이 곱게 피었다.

멀리서 바라다볼 때는
숲 속에 포도송이가 익어서
매달려 있는 것으로 보였는데
가까이 다가서서 쳐다보노라면

싱그런 오월의 햇볕을 받아서
맑고 고운 모습으로
산들 불어오는 바람 앞에서
겸손하게 고개 숙여 인사를 합니다.

어디서 몰려왔는지
수많은 꿀벌이 붕붕 날갯짓하며
달콤한 꿀을 탐하느라고
길손도 본체만체 외면하는데

마냥 수줍은 보랏빛 등꽃
따가운 햇볕을 받아서 빛이나
반짝거리는 예쁜 모습으로
나그네에게 조용히 웃음 웃습니다.

가곡 작 詩 / www.youtube.com에서
[등꽃 연가 / 수주 임재화 시 / 곡 다비오]를 감상할 수 있습니다.

19

봄 강

촉촉하게 내리는 봄비에
맑은 물 계곡을 휘돌아서
산수유 꽃향기 따라 흐른다.

고운 모래 반짝 빛나는
작은 개울가에서 하얀 백로는
물고기잡이에 정신이 없다.

진달래 곱게 피어있는
산 너머 벼랑을 휘돌아
말없이 흐르고 있는 저 강물

너른 들판 사이로 흘러가는데
살랑살랑 불어오는 봄바람에
수양버들 조용히 춤추고 있다.

초여름의 개울

어젯밤 모처럼 가뭄에 단비가 내렸는데
오늘 아침 개울에서 작은 보를 타고 넘쳐흘러서
하얀 물줄기 폭포처럼 내리쏟는다.

따갑게 내리쬐는 오후 햇볕에서
맑은 수면에 반사되어 희끗희끗 번뜩이는 비늘처럼
작은 물고기 한 마리가 물 위로 튀어 오른다.

가느다란 다리가 긴 백로 한 마리가
물막이 보 아래쪽으로 좁은 물길을 따라서
철철 흐르는 맑은 물줄기 조용히 노려보다가

잠깐 숨을 멈추고 호흡을 고르더니
눈 깜짝할 사이에 뾰족한 부리 물속에 처박아
피라미 한 마리를 번개처럼 낚아챕니다.

먼 산 능선 위 하얀 뭉게구름 피어나는데
따가운 햇빛 받아 반짝이며 흐르는 개울가에서
그윽한 들꽃 향기 바람결에 실려 멀리 날아갑니다.

산촌 연가

백두대간 호젓한 산길 따라서
이리저리 주위를 둘러보면서
나 홀로 쉬엄쉬엄 걷고 있을 때
저만치서 산들바람 불어옵니다.

계곡 너머 늘 푸른 솔숲에서
그윽한 솔 향이 솔솔 풍기는데
솔가지마다 어린 솔 순이 나와서
하나둘씩 촛대처럼 솟아납니다.

밝은 햇살 비치는 휴일 한낮에
지나는 이 하나도 없는 숲 속의
호젓한 산길 따라 걷고 있을 때
뻐꾸기 소리 귓가에 들려옵니다.

가곡 작 詩 / www.youtube.com에서
[산촌 연가 / 수주 임재화 시 / 곡 다비오]를 감상할 수 있습니다.

유월의 계곡

저만치서 산들바람이 불어오면
하얀 개망초 꽃송이
하늘하늘거리고

깊은 계곡 길
굽이 돌아가는데
깎아지른 바위 절벽 좁은 틈에서

굳건하게
뿌리내린 작은 소나무
늘 푸른 모습으로 생명 지키고

맑은 물 바위를
휘돌아 흐를 때
계곡을 가로지르는 구름다리 옆

늙은 밤나무 한 그루
우뚝 서 있어
어느새 밤꽃 송이 곱게 피어납니다.

가곡 작 詩 / www.youtube.com에서
[유월의 계곡 / 수주 임재화 시 / 곡 다비오]를 감상할 수 있습니다.

달맞이꽃

싱그런 아침의 향기 맡으며
오랜만에 나 홀로 산책을 할 때
저만치 산들바람 불어옵니다.

졸졸 실개천 흐르는 동구 밖
우람한 느티나무 그늘 지나서
타박타박 걸어가는 산책길에

맑은 개울 물 흘러가는 옆으로
연초록 어린 모가 줄 맞춰 서고
백로 한 마리 먹이를 찾는다.

하얗게 피어있는 들꽃의 향연
개망초 꽃 군락지를 뒤로하고
철길 건널목을 건너서 올 때

갓 피어난 달맞이꽃 송이
함초롬히 고개 숙이고
마냥 수줍어하는 모습이 곱다.

가곡 작 詩 / www.youtube.com에서
[달맞이꽃 / 수주 임재화 시 / 곡 다비오]를 감상할 수 있습니다.

산 목련꽃

깊은 계곡 맑은 물 휘돌아 흐를 때
바위 절벽에 부딪혀서 흩어지는
작은 물방울들이 은구슬처럼 빛난다.

흔들흔들거리는 구름다리 지나서
큰 바위 하나 옆으로 길게 누운 곳
그 곁에서 홀로 피어난 산 목련꽃

톡톡 떨어지는 빗방울에 몸을 맡기고
이제 막 소담스레 하나둘씩 피어나서
차마 수줍은 산 목련꽃 송이들이

후드득후드득 떨어지는 빗방울에
도저히 어쩔 수 없기에 괜스레
마음 서러워도 말없이 몸을 맡깁니다.

문주란 꽃

기다란 꽃대 끝에서
곱게 핀 하얀 꽃송이

살짝 휘어진 미인의
눈썹처럼 피어있는데

화창한 어느 날 오후
따가운 햇볕을 받아서

문주란 다섯 꽃송이
말없이 고개를 숙이고

저만치서 불어오는
산들바람 결에 실려서

그윽한 문주란 꽃향기
조용히 다가옵니다.

능소화 연가

제목 : 능소화 연가
시낭송 : 이은숙
스마트폰으로 **QR** 코드를 스캔하면
시낭송을 감상할 수 있습니다.

무더운 어느 여름날 휴일 오후
따가운 햇볕이 대학 교정에 비칠 때
오십 년 된 세쿼이아 나무 그늘서

여섯 개의 텅 빈 의자도 한가로운데
여기저기 기둥을 박아서 만든 휴식터
등나무 넝쿨이 꽃뱀처럼 기둥 휘감고

벌써 여름방학을 시작한 교정 뜨락에
어느새 피어나 수줍어하는 능소화 꽃송이
괜스레 부끄러운 마음 살짝 얼굴 붉힙니다.

멀리 뭉게구름일 때 산들 불어오는 바람
너무나 맑고 고운 임의 모습에 반해서
차마 울렁대는 가슴을 어찌할 줄 모르고

고운 꽃님의 허락을 받지 않았음에도
살그머니 임의 얼굴 남몰래 쓰다듬으며
저 혼자 짝사랑을 고백하고 있습니다.

www.youtube.com에서
[능소화 연가]를 감상할 수 있습니다.

풀밭에서

비 갠 뒤에 은구슬이
푸른 솔잎 끝에
방울방울 맺혀있네요

뜨겁게 내리쬐는 햇볕에
솔잎에 매달린 물방울이
영롱하게 반짝입니다.

개망초 꽃 가득 피어난
풀밭 사이로
꽁지를 들썩이며 비행하던

작은 새 한 마리의
부리에 물고 있는 벌레는
아직도 살아서 꿈틀댑니다.

싱그러운 바람이 불면
고추잠자리 떼가
유유히 날갯짓하며 비행을 하고

비 갠 뒤 촉촉이 젖은
풀잎 끝에 맺힌 작은 물방울의
고운 모습이 너무나 아름답다.

들꽃 학교

제목 : 들꽃 학교
시낭송 : 박영애
스마트폰으로 QR 코드를 스캔하면
시낭송을 감상할 수 있습니다.

한적한 시골의 폐교된 학교에
아담한 들꽃 학습원과 잔디밭을 만들고
오래된 느티나무 서 있는 광장

정성으로 가꾸어진 들꽃의 향기와
정갈스런 마음으로
붓을 들어 써놓은 작품들

이렇게 오염되고 힘든 세상에
저토록 아름답고 고운 마음으로
살아가는 이들도 참으로 많다.

교실 창문 밖의 늙은 호두나무
아름답게 풍기는 가을 향기
정문 앞 보잘것없는 쑥부쟁이에도
그윽하게 피어나는 가을의 모습

매난국죽 사군자 그려놓은 작품들
오롯이 마음을 담아내어
나타낸 선생님들의 정갈한 시심(詩心)

몇백 년을 흔들림 없이
서 있는 느티나무는 언제나 말없이
들꽃 학교를 지키고 있다.

가을 숲의 정취

미처 단풍이 찾아오지 못한
고산준령을 굽이 돌아 넘는 길에서
가을 숲의 정취를 느껴봅니다.

멀리서 다가오는 가을 숲 속에
보랏빛 구절초 바람에 하늘거리고
졸참나무 가지에 가을 향기가
수줍게 걸려 있네요

높은 산 고개를 넘을 때
산 중턱 통나무 오두막 카페 지붕에는
모락모락 연기가 피어오르고

지나던 길손들 옹기종기 둘러앉아서
당귀차, 솔잎차 그리고 커피까지
하얀 종이컵에 숲의 향기를
함께 담아서 음미합니다.

울긋불긋 등산복 차려입은 사람들
부지런히 등산로를 찾아가는데
산 중턱에 시원한 약수가 흘러내립니다.

먼 산 능선에서 바람이 불어오면
하얀 파도처럼 흔들리는 갈대의 모습
불어오던 바람이 다시 잔잔해지면
가을 햇볕은 몹시도 따갑습니다.

들국화 연가(戀歌)

 제목 : 들국화 연가
시낭송 : 박영애
스마트폰으로 QR 코드를 스캔하면
시낭송을 감상할 수 있습니다.

먼 산자락 저만치서
휘하고 달려오는 가을바람이
살며시 나뭇잎 어루만질 때

이제 떠나도 여한이 없는
빛 고운 단풍 잎사귀
서늘한 바람 앞에 몸을 맡기고

하나둘 낙엽 되어서 떨어져
맑게 흐르는 계곡물 벗 삼아
정처 없이 두둥실 떠나갑니다.

저만치서 달려오는
소슬한 가을바람이 살그머니
들국화꽃을 스쳐 지날 때

차츰 깊어가는 가을날
온 누리에 그윽한
들국화 꽃향기 가득합니다.

---

www.youtube.com 에서 [들국화 연가]를 감상할 수 있습니다.
다음 tv 팟 앱에서 고화질 [들국화 연가]를 감상할 수 있습니다.

늦가을 호수

가을의 끝자락 어느 날
천 년 고찰(古刹) 앞 너른 호수가
떨어진 낙엽으로 덮여 있네요

가랑비 촉촉이 내릴 때
호수를 가득 덮은 노란 낙엽은
불어오는 바람에 말없이 일렁입니다.

가끔 호수 위로
뻐끔뻐끔 물고기 숨 방울이 솟아오르고
청둥오리 유유히 날갯짓할 때
어느새 가을은 저물어 갑니다.

늦가을 비 내리던 날
호수 위로 떨어지는 빗방울이
조용히 파문을 일으킬 때

따뜻한 한 잔의 커피를 들고
상념에 젖은 한 사람
말없이 호수를 응시하다
늦가을 호수에 마음이 "퐁당" 빠져듭니다.

늦가을의 비행(飛行)

차가운 바람이 불어올 때
따사로운 햇살을 그리워하며
고추잠자리 세 마리의
늦가을 비행이 마냥 힘겹습니다.

쏴~ 가을바람이 불어오면
가냘픈 날개로는
견딜 수 없나 봅니다.

정신없이 날갯짓하며
나르려 하여도
사정없이 부는 바람에 떠밀리어
허공을 한 바퀴 도는 것도
그저 버겁기만 합니다.

둥그런 주둥이가
깊은 함정처럼만 느끼어지는
낡은 냉각탑 모서리 위에
늦가을의 비행을 나온
고추잠자리 세 마리가
겨우 나약해진 몸을 기대고 있습니다.

이제 이승을 하직할 날이
얼마 남지 않았어도
스스로 힘차게 용기를 내어
늦가을 비행의 마지막 투혼을 불사르는
고추잠자리의 용기가
참으로 아름답습니다.

제 2 부 빛고운 다기(茶器)

하얀 빛고운 다기를
가만히 쳐다만 보아도
오염되었던 마음이 맑아지네요.

하얀 순백색 다기에
매화 그림이 다소곳이 두 손을 모으고
그냥 아무런 말이 없어도
은은한 차의 향기가 모락모락 다가옵니다.

흐르지 않는 세월이 없고
변하지 않는 것은 하나 없어도
언제나 순백색 다기에 담긴
맑고 고운 차 향기처럼

세속에 오염된 마음을 보듬어 주고
고요한 부동심(不動心)의 경지를
말없이 보여줍니다.

차 한 잔

모처럼 차 한잔하려고
아끼던 청자 다기를 꺼내어
약수터에서 담아 온 물을 부어
지리산 우전차를
한 움큼 넣어 다렸다.

잠시 후 우려낸 차
도예촌에서 구한 하얀 찻잔에
쪼르륵 담았습니다.

우선 눈으로 맛을 보려고
차 빛깔을 살피니
보리숭늉 같은 빛이고

향으로 맛을 보니
냄새는 그윽하고
차 맛은 순하면서 정갈하다.

한 모금 입안에 머금어
혀끝으로 살짝 맛보니
흰 구름처럼 부드러운 차 맛은
차의 으뜸인 우전뿐입니다.

___

우전차 : 이른 봄 곡우 무렵에 따낸 첫 찻잎을 덖어낸 차로
양이 적고 향이 깊어 그 맛과 품질이 가장 우수하다.

가을비

창밖에
어둠이 짙게 내린 밤

추적추적
가을비 내리고

창 넘어 서 있는
수은등 하나

저 혼자 깜박거리는
불빛이 외롭다.

가을밤

차츰 깊어가는 가을밤에
창가에 들리는 풀벌레 소리도
더욱 귓가에 선명하게 울린다.

서늘한 바람이 창문 커튼을 날리고
번잡한 상념은 가슴을 두드려도
홀로 고요한 시간은 너무도 소중해

무거워진 마음을 잘 다독여서
살며시 내려놓을 수 있는
좋은 지렛대로 사용할 수 있다.

달빛 연가

어둠이 내린 창가에
조금씩 스며들어와
어느새 달빛이 가득합니다.

찌르르 풀벌레 소리도 정겨운 밤
홀로 고요히 맑은 마음에
고운 달빛이 찾아왔습니다.

서로 아무런 말 없어도
달빛 속에 내 마음 가득하고
내 마음에 달빛 또한 가득합니다.

빛고운 달님

제목 : 빛고운 달님
시낭송 : 최명자
스마트폰으로 QR 코드를 스캔하면
시낭송을 감상할 수 있습니다.

가슴이 시렸던 하얀 반달은
어느새 둥그런 모습 되어서
넉넉한 웃음 다시 찾았습니다.

얼굴은 탐스러운 모습이고
입가에는 향긋한 미소
두 뺨에 볼우물이 약간 패였습니다.

자연의 섭리에 순응하여 사는
순박한 사람의 삶의 향내는
어쩌면 똑같이 닮을 수 있지 않을는지요?

한동안 닫혀있던 가슴속이
미처 열리지 못하였어도
마음만큼은 맑고 고운 향기를
되찾았으면 좋겠습니다.

www.youtube.com에서
[빛고운 달님]을 감상할 수 있습니다.

반야사(般若寺)

백화산 서쪽 능선 위에서
뉘엿뉘엿해 넘어갈 때
푸른 숲에 둘러싸인 선방은 조용하다.

고즈넉한 천 년 고찰 반야사 앞 뜨락
언제나 한결같이 자애로운 엄마 품처럼
포근한 기운 서린 대웅전 곁에서

긴 세월의 흔적이 새겨져 있어
옛 기억을 생생히 증언하듯이
삼 층 석탑은 굳건하게 서 있다.

오백 년 된 배롱나무 한 그루가
오롯이 지극정성 한마음으로 참선하듯이
지그시 눈을 감고 명상에 들고

선방 툇마루에 하얀 고무신 두 짝
서산 넘어지는 해를 바라보며 아쉬워하는데
용맹정진 참선하는 선승(禪僧)의 맑은 기운이
먼 산 능선의 붉은 노을 위에 가득 서렸다.

반야사(般若寺) : 충북 영동군 황간면 우매리 백화산 자락에 있는
서기 270년 신라 문성왕 때 창립한 천 년 고찰

호숫가에서

가을이 짙어가는 산촌
산골짝 아담한 호숫가에서
소슬한 바람이 불어온다.

푸른 하늘은 너무나 맑고
먼 산 능선 위 뭉게구름 일어
하얀색 물감처럼 그림 그리는데

티끌 하나 없는 거울처럼
깨끗한 물 위에 드리운 그림자
조용히 가을 풍경을 비추고 있다.

빛고운 다기(茶器)

제목 : 빛고운 다기
시낭송 : 박순애
스마트폰으로 QR 코드를 스캔하면
시낭송을 감상할 수 있습니다.

하얀 빛고운 다기를
가만히 쳐다만 보아도
오염되었던 마음이 맑아지네요.

하얀 순백색 다기에
매화 그림이 다소곳이 두 손을 모으고
그냥 아무런 말이 없어도
은은한 차의 향기가 모락모락 다가옵니다.

흐르지 않는 세월이 없고
변하지 않는 것은 하나 없어도
언제나 순백색 다기에 담긴
맑고 고운 차 향기처럼

세속에 오염된 마음을 보듬어 주고
고요한 부동심(不動心)의 경지를
말없이 보여줍니다.

저 하얗게 빛나는 순백색
고운 다기의 은은한 자태에
도저히 어찌할 바 몰라

순간 오염이 정화되어
맑고 순수한 속내가
빨간 석류처럼 톡 터져 나오려 하네요.

부동심(不動心) : 어떠한 상황에도 전혀 흔들림이 없는 마음을 말함
www.youtube.com 에서 [빛고운 다기]를 감상할 수 있습니다.

뻐꾹새

백두대간 자락의
어느 한적한 마을 뒷산에서
뻐꾹새가 슬피 울고 있습니다.

뻐꾹 뻐꾹
오늘따라 인적 하나 없는데
뻐꾹새만 홀로 외롭게 웁니다.

유월이 시작된 첫 휴일 오후
마을 사람 모두 어디 갔을까요?
뻐꾹새 한 마리가
저 혼자서 놀고 있을 때

차창 문 조금 열고 지나는데
뻐꾹새 소리 귓가에 들리고
산들 불어오는 바람결에 실려서
은은한 밤꽃 향기 날아옵니다.

농촌 풍경 1

계곡 위 늘 푸른 솔은
살랑대는 봄바람 앞에서
웃음을 웃고

분홍빛 복사꽃이
야산 자락 능선 언덕 위에서
곱게 피었다.

복사꽃 하나 둘
피어난 과수원 밭에
노란 민들레도 꽃밭을 이루고

푸른 강물에는
흰 배가 한가로이 떠 있어
강낚시 즐기는 낚시꾼은
연신 낚싯대 휘두른다.

강가를 지나서
산모퉁이 돌아서니
봄 농사에 전념하는 시골 노부부가
허리가 휘도록 밭이랑을 고르고 있다.

농촌 풍경 2

싱그런 아침의 향기 맡으며
하얗게 무리 지어 피어있는
개망초 꽃 군락지 뒤로하고

기찻길 옆 옥수수밭을 지나
노란 들꽃의 고운 모습 보며
그늘진 인삼밭을 지날 때면

농촌 마을의 울타리 너머에
빨간 장미꽃의 요염한 모습
한 폭 그림 같은 농촌 풍경

실개천 졸졸 흐르는 동구 밖
느티나무 그늘 숲 드리우고
저만치 산들바람 불어옵니다.

하얀 감자 꽃

아침 햇살 반짝 빛나는 들녘
오랜만에 이리저리 둘러보며
나 홀로 산책하고 있을 때

맑은 물 흐르는 개울가 옆에
감자 꽃이 하나둘씩 피어나서
수줍어하며 고개를 숙입니다.

초여름 모내기 이미 끝난 논
연초록 어린 모가 줄을 맞추고
하얀 왜가리 먹이 찾아 서성일 때

민들레 무리 지어 피어 있는
동네 밖 개울가 옆의 감자밭에
하얀 감자 꽃이 너무나 곱다.

찔레꽃

하얀 찔레꽃

인적 없는 호젓한 숲
굽이 돌아가는 길목에서
외롭게 핀 하얀 찔레꽃

어디서 날아왔을까요?
하얀 나비 한 마리가
조용히 날개를 접고 앉을 때

차마 수줍은 찔레꽃 송이
산들 불어오는 바람 따라서
저만치 꽃향기 날아갑니다.

풍경 소리

고즈넉한 천 년 고찰
산신각의 추녀 끝에서
앙증맞게 매달려있는
작은 풍경 하나가

산들산들 부는 바람에
조용히 몸을 맡기고
이리저리 춤을 추면서
뗑그렁뗑그렁

산중 깊숙한 곳의
인적 하나 없는
한적한 산사에서
조용히 울리고 있다.

빈 배

말없이 흐르고 있는 봄 강물에
저만치 혼자 떠 있는 빈 배와 같이
내 마음의 온갖 무거움 내려놓고
이 세상 아름다운 것 담고 싶어요

먼 산 깊은 계곡의 맑은 물이
산자락을 휘돌아 감돌아 흘러 흘러서
봄 강에 도착하여 조용히 흐릅니다.

뱃사공도 손님도 하나 없는 빈 배
무르익은 봄기운 가득한 강가에 떠서
언제나 마음이 아름다운 손님들을
늘 웃는 얼굴로 맞이할 수 있겠지요

구절초 꽃향기

저만치서 소슬한 바람이 불어오면
보랏빛 청순한 구절초 꽃향기가
바람결에 실려 저 멀리 날아갑니다.

가냘픈 꽃대 가지마다 곱게 피어나
마냥 수줍어하는 예쁜 꽃송이를
작은 꿀벌은 그냥 놔두질 않고

들락날락하면서 한껏 욕심부리며
정신없이 꽃망울 속에서 꿀을 탐할 때
온 누리에 그윽한 꽃향기 가득합니다.

밤안개

추적추적 가을비 내리던 날
어느새 어스름 어둠이 찾아오고
온종일 내리던 비 갠 뒤에
주위에는 온통 밤안개 가득하다.

타박타박 홀로 걷는 산책길
가로수 수은등 하나둘 불 밝히니
불빛 따라서 스멀스멀 거리는
가을 안개 굼실굼실 춤추는 듯

세상은 안갯속에 모두 잠기고
저만치 부는 스산한 바람 때문인지
괜스레 가슴이 시려지는데
이따금 귀뚜라미 소리 들려온다.

온종일 내리던 비 그친 후
희뿌연 밤안개 피어나서
더욱 짙어만 가는 가을밤에
창밖에는 오직 어둠만이 가득하다.

가을 강

인적 하나 없는 가을 강가에서
멀리 서산에 뉘엿뉘엿해 저물고
붉은 노을도 이미 그 빛이 바랬다.

이제 어스름 어둠이 내려앉아서
겨우 서너 채 있는 쓸쓸한 강촌
집집이 하나둘 등불을 밝힐 때

지나던 인적마저도 끊긴 강가에서
소슬하게 불어오는 강바람에 실려
자욱한 물안개만 말없이 다가온다.

만추(晚秋)

이제, 더는 버틸 수 없기에
가끔 불어오는 찬바람에 여린 마음을 실어서
낙엽 되어 삶을 마감합니다.

이렇게 몸과 맘을
아름답게 버릴 수 있음을 감사하고
또다시 새봄을 기다리며
이제는 기쁜 마음으로 사라지렵니다.

어느새 싸늘한 바람 때문에
으스스 떨며 몸 가눌 수 없고
매일 아침 세상을
온통 하얀색으로 뒤덮으며 피어나는 안갯속으로
고운 향기를 만추에 날려 보냅니다.

희붐한 새벽녘에
한바탕 기적을 울리고
덜커덩거리며 달려나가는 철마(鐵馬)가
더는 태울 수 없는
깊어가는 가을의 스산한 몸짓 같습니다.

아~~

이제 더는 버틸 수도 몸부림칠 수도 없고

버리고 비우고 내던져야만 하는

애잔한 가을날

사라져야만 하는 낙엽이여

그리고 만추의 슬픈 몸짓이여

낙엽(落葉)

제목 : 낙엽
시낭송 : 노금선
스마트폰으로 QR 코드를 스캔하면
시낭송을 감상할 수 있습니다.

이제, 갈 때가 되었나 보다.

노란 단풍으로 물들이고
사뿐히 바람 따라 날아가야지

어느덧 가을바람 매일 부는데
푸른 하늘엔 흰 구름 풍성하구나

참으려 하여도 참을 수 없고
오직 노란 빛으로 색이 바랜다.

봄날의 수줍음도….
여름날의 뜨거움도….

이제는 옛날이야기
서늘한 바람 앞에서 가슴만 추워진다.

제 3 부 맑은 맘 좋은 글

하얀 종이에 검은 글씨로
내 마음 담아내어 글 지을 때
언제나 맑은 맘 좋은 글이 되어서
마음 고운 임들께 드리고 싶어요

이렇게 글로써 처음 만나더라도
늘 곁에서 서로 만난 것처럼
마음만 함께하면 멀리 떨어져 있어도
바로 곁에서 있듯이 느껴집니다.

날마다 마음을 갈고 닦아서
언제나 아름다운 말과 글 쓰고
우리네 삶이 늘 버겁게 느껴지더라도
힘든 맘 무거운 맘 내려놓고서

늘 즐거움 누릴 수 있게
맑은 옹달샘 물이 퐁퐁 솟아나듯이
고운 우리말을 찾아서
좋은 글로 풀어내어 드리고 싶다.

좋은 만남

좋은 만남과 우정
우리는 좋은 만남이라고
부를 수 있을는지요?

만남은 억지로는 될 수 없고
오랜 세월 동안 인연이 있어서
우연히 만날 수 있게 되는 것

좋은 만남은 노력 하나 없이
바란다고 얻어질 수 있나요
그냥 어느 날 조용히 찾아오는 것

언제나 그대를 생각만 해도
가슴이 두근대는 것을 알게 될 때
하늘의 인연이 맺어준 것이겠지요

좋은 만남은 아름답고 순수하니
깊은 산 옹달샘 물처럼 깨끗하며
솔바람 맑은 기운과 같을는지요

인적 하나 없는 깊은 산중에서
한 송이 오롯이 피어난 난초 꽃은
아무도 보아주는 이 하나 없어도

때가 되면 스스로 향기를 내뿜고
맑고 순수한 인품의 향기는
글 한 줄만으로도 향기로워라

우리의 우정도 이와 같아서
그냥 글 한 줄 말 한마디에도
괜스레 서로 마음이 통합니다.

좋은 만남은 때가 되면 절로
좋은 우정으로 인연 이루어지고
인품의 향기 온 누리에 풍깁니다.

인연(因緣)

하얀 백지 위에
끄적이던 시심(詩心)을
인연 닿은 모든 임께
선물하고 싶어요.

봄에 농부가 텃밭에
씨앗을 파종하듯이
맑은 시심을 적어내어

아름다운 맘과 맘을
고운 인연으로 엮어서
거듭 태어나게 하리라

인연 닿은 우리 서로
"마음이 통하면 천 리도 지척"이어라

우리네 평범한 일상생활이
좋은 일, 즐거운 일보다는
마냥 힘들고 버겁고
괴로운 일이 더욱 많으니

비록, 마음만이라도
늘 향기롭고
범사에 감사하고
오염되지 않은 순수함으로

맑은 옹달샘 물 솟아나듯이
고운 말과 글을 찾아서
언제나 맑은 시향(詩香)을
함께 나누고 싶습니다.

마음의 옹달샘

늘 삶이 버거워
마음 무거운 사람도
깊은 밤 조용한 시간에
홀로 정좌하고 앉아서

무거운 마음
모두 다 내려놓으면
그동안 꽉 닫힌 마음 문
활짝 열립니다.

무거운 마음 내려놓으니
꼭 막혔던 가슴이 뚫리고
마음속 깊은 곳에

꼭꼭 숨겨져 있었던
마음의 옹달샘물이 솟아나서
맑은 기운을 내뿜습니다.

사람들은 저마다
살아가는 모습 조금 다르지만

마음속 깊은 곳에
누구라도 마음의 옹달샘을
가지고 있습니다.

늘 마음 문 닫혀있으니
다만 모를 뿐

단 한 번만이라도
내 마음 가벼워지고
가슴이 뚫려 시원해지면

맑은 옹달샘 물이 솟아서
철철 넘쳐흐르니
순간 그저 감사한 마음뿐이랍니다.

매화(梅花)

북풍한설에서도
오직 인내로서 꽃을 피우고
설중매 향기를 잃지 않았습니다.

한겨울 피는 매화는
오히려 매서운 추위 견디었기에
그 향기 더욱 진하고

임과의 고운 우정은
술 익는 향기처럼 농익었으니
더욱더 그 향기 그윽하다.

진심으로 교감하는
설중매의 맑은 기운과 향기
오롯이 내 마음에 가득합니다.

맑은 향기

눈꽃처럼 다가오는 그대의 향기
아름다운 모습으로
매화나무 가지에 살포시 내려앉았다.

사르르 눈을 감은 하얀 매화 꽃송이
저만치 한 줄기 바람이 불어와
더욱 그윽한 향기를 날려 보낸다.

고운 임의 맑은 향기를 찾아서
가까이 다가서면 어디론가 숨어버리고
멀리 물러서면 또다시 내 가슴에 안겨온다.

강촌의 봄

어느 봄날의 주말 오후
인적 하나 없는 조용한 강촌
강변에 빈 배 하나 떠 있고

수양버들 여린 나뭇가지마다
연초록빛 색으로 물들어
살랑 부는 봄바람에 흔들릴 때

조용히 헤엄치는 원앙새 한 쌍
봄 햇볕에 반짝이는 강물
봄 강은 말없이 흐르고 있다.

흐르는 강물처럼

하루를 마감하는 이 시간
조용히 나 홀로 정좌하고 앉아서
지난 세월 돌이켜 생각하면

너무나 철없던 시절부터
가슴속 깊은 곳에 꼭꼭 숨겨놓았던
이런저런 사연 정말로 많았건만

아무리 매서운 찬바람 불어와
강추위에 꽁꽁 얼음이 얼더라도
얼음장 밑에서 말없이 흐르는 강물처럼

인생이란, 그냥 흐르는 세월에 맡기고
날마다 순리대로 살아가면 된다는 것을
조금은 깨우쳐 느끼고 있구나

언제나 조용히 흐르는 강물처럼
세월의 흐름 속에 맡겨놓고서
내 마음, 강물 따라서 함께 흘러가리라

맑은 맘 좋은 글

하얀 종이에 검은 글씨로
내 마음 담아내어 글 지을 때
언제나 맑은 맘 좋은 글이 되어서
마음 고운 임들께 드리고 싶어요

이렇게 글로써 처음 만나더라도
늘 곁에서 서로 만난 것처럼
마음만 함께하면 멀리 떨어져 있어도
바로 곁에서 있듯이 느껴집니다.

날마다 마음을 갈고 닦아서
언제나 아름다운 말과 글 쓰고
우리네 삶이 늘 버겁게 느껴지더라도
힘든 맘 무거운 맘 내려놓고서

늘 즐거움 누릴 수 있게
맑은 옹달샘 물이 퐁퐁 솟아나듯이
고운 우리말을 찾아서
좋은 글로 풀어내어 드리고 싶다.

언제나 그럴 수만 있다면
우리들의 좋은 맘과 글을 담은 샘물은
맨 처음 옹달샘에서 솟아올라 흘러서
마침내 큰 바다에 다다를 거야

그리하면 살아가는 날마다
마음 무겁고 어깨 처지는 버거운 삶을
스스로 힘차게 헤쳐 이겨낼 수 있고
좀 더 즐거운 삶을 누릴 수 있겠지요

봄비 내리는 계곡

백두대간 깊은 산촌의
아직도 잔설 남아 있는 산골짝에도
온종일 봄비가 내립니다.

촉촉이 내리는 봄비에
겨우내 얼어있던 얼음장이 녹아 흐르며
맑은 물 계곡을 휘돌아 흐를 때

백두대간 깊은 계곡의
우뚝 솟은 천 길 벼랑 아래 여울목에서
새봄 기다리며 버들치떼 헤엄을 친다.

계곡 옆의 늘 푸른 솔숲도
봄을 재촉하듯 내리는 비를 맞으며
솔 향 풍기듯 청정한 기운 가득합니다.

금강송 예찬

맑은 물 감돌아 흐르는 계곡에
무지개처럼 곱게 놓인 나무구름다리
건너편 솔숲은 너무나 맑고 푸르다.

이따금 소슬한 바람이 불어올 때면
상큼한 솔 향 바람결에 실려 날리고
가을 들꽃 향기 온 누리에 그윽합니다.

늘 푸른 솔숲에서 꼿꼿한 선비처럼
우뚝 서 있는 늙은 금강송 한 그루는
쭉 뻗은 몸매에 철갑옷을 두른 듯한데

어디 하나 부족한 것 없는 넉넉한 모습
세월의 연륜 나뭇가지마다 켜켜이 쌓여
오롯이 신령한 기운만이 가득할 때

저 멀리 우뚝 솟은 높은 봉우리
하얀 뭉게구름도 풍성하게 일어나고
깊은 계곡에는 맑은 솔 향 가득합니다.

죽림(竹林) 예찬

부러질 수는 있어도
휘어질 수 없는 절개를 품은
선비의 곧은 마음처럼

늘 푸른 죽림의 기세(氣勢)
올곧은 선비의 품성을
고스란히 간직하다.

가녀린 댓잎의 모습
날카롭기는 하되 속되지 않고
대나무의 텅 비워진 속내
인간의 탐욕과는 거리가 멀다.

언제나 진리를 찾아
공부에 전념하는
옛 선비의 품성과 기상을

오롯이 담고 있는
죽림의 풍경
한 줄기 바람마저도 청아하다.

너와 나의 마음

너와 나의 마음에
고요한 맑음을 가득 채워서
오롯이 순수한 기운을 나누고

우리 함께 우정을 나누는
도반이 되어보자고
붉은 단풍에 새겨 놓았다.

우리라는 마음에
아름다운 인간애를 가득 채우고
서로서로 마음 문을 활짝 열어놓아
고운 삶의 향기를 풍기어보자

이 세상에 태어난 것은
내 마음으로
선택한 것 아니었지만

이 세상을 살아가는 것은
오직 내 마음이 흰 백지에
그리는 그림처럼

어떻게 하든지
내가 선택하고 내 마음먹기에
달려있다오

도반 : 함께 서로서로 도움을 주면서 마음공부(수행)를 하는 친구를 말함

기품(氣品)

언제나 난초를 쳐다볼 때면
늘 허리를 굽히고 있어
한없이 부드럽고 유연하며
연약한 것처럼 보여도

단 한 번도 흐트러짐 없고
가슴속 깊숙한 곳에는
맑은 기운 가득 담고 있기에
오롯이 기품(氣品) 가득하다.

날마다 버거운 삶이라도
마음공부 게을리할 수 없고
언제나 마음 열리면
자연의 순리에 따르고 싶다.

뭉게구름

먼 산 능선 위로
차츰차츰
뭉게구름이 피어난다.

처음에 작은 구름이
하나둘 생겨나
점점 커지더니

풍성한 모습으로 바뀌고
이따금 솜사탕처럼
하얀 뭉게구름이 인다.

동녘에서부터 서서히
빛나는 아침 햇살 아래서
풍성한 하얀 구름은

먼 산 능선 너머 저 멀리
소슬한 가을바람과
다정히 손을 맞잡고 소풍을 간다.

솔향기

솔향기 그윽한 솔숲을 보라
꽉 닫혀있던 마음이 활짝 열리고
새록새록 삶의 향기 되살아나리

솔 내음 폴폴 날리는 솔숲에는
새들의 노랫소리 들려오고
나를 보며 반가운 몸짓을 하네

솔향기 바람에 실리어 날리는
솔숲을 보면 가느다란 솔가지들
너울너울 흥겨워 춤을 춥니다.

여름 계곡의 풍경

어젯밤 천둥 번개 치며 장맛비 내렸는데
오늘 아침 백두대간 깊은 계곡의 여름 절벽
늘 푸른 솔숲에 신령스러운 기운 가득하다.

높은 산봉우리 위에 가물거리는 구름이 일고
우뚝 솟아 있는 벼랑 바위 절벽 틈새마다
맑은 기운이 물안개 피어오르듯이 피어난다.

여름 절벽 아래로 철철 흐르는 계곡 물
산천어 버들치 온갖 물고기 떼들도
피서를 나와서 수영하듯 신나게 헤엄친다.

천왕봉 일출

지리산 천왕봉에 오르면서
이른 새벽에 중천에 걸린 달을 볼 때
산바람은 너무 차갑게 불어댄다.

우람한 벼랑 바위 절벽 아래
조그만 옹달샘인 천왕샘에서
졸졸 흐르는 석간수 한 모금을 마시고

다시 힘내어 오른 천왕봉 정상에서
눈 들어 아래를 내려다보니
세상은 온통 운무로 가득하여
절로 하얀 안개의 바다가 되었다.

저 푸른 하늘의 구름이
새털같이 유유히 흐르고 있을 때
멀리 고봉 준령의 산 능선에
둘러싸인 운무는 몹시 뿌옇다.

드디어 잿빛 구름 사이로
헤집고 나오는 한 줄기 붉은 햇살은
마치 번갯불 반짝 내리치듯이
매섭게 부는 찬바람 속에서 찬란하다.

원추리꽃

하늘이 곧 손에 닿을 것만 같은
우뚝 솟은 벼랑 바위 절벽에서
곱게 피어 얌전한 원추리꽃

깊은 산중에서 순결한 임의 가슴에
맑은 이슬 날마다 품에 보듬어 안고
성스러운 기운 얼굴 가득 서렸습니다.

푸른 하늘 저 높이 날갯짓하며
힘차게 비상(飛上)하던 솔개 한 마리
잠시 숨을 고르며 내려다볼 때

깎아지른 바위 절벽 틈새에서
우아한 모습으로 곱게 피어있는
임의 맑고 그윽한 향기에 취했습니다.

원추리 그대의 이름마저도 예쁜데
사 된 기운 하나도 없고 몸가짐도 단아해
깊은 산중의 여왕 꽃이 되었답니다.

수옥정(漱玉亭)

조령산 자락 아랫마을 쪽으로
수정 구슬 같은 물 흘러내리는 폭포를
앞에서 볼 수 있는 수옥정(漱玉亭)이 있다.

수직으로 서 있는 바위 벼랑에서
길게 떨어지는 하얀 물줄기의 모습이
마치 공작새의 꼬리만 같은데

이십 미터 절벽 아래 움푹 팬 곳의
옆에는 넓게 펼친 하얀 바위가
양손을 모은 것처럼 감싸고 있다.

폭포에서 떨어져 내린 물이
기다랗게 개울을 이루며
푸른 숲 사이로 조용히 흐를 때

개울을 가로질러 걸친 구름다리에서
또다시 바라본 수옥정의 모습은
새재 넘던 옛 선비의 덕(德)을 품었다.

수락 계곡

잿빛 구름이 먼 산 능선 위에서
온갖 그림을 그리고 있을 때
이따금 가는 빗줄기 내리고 있다.

수락 계곡에 산들바람이 불면
산새들도 즐겁게 날갯짓하고
대둔산 도립공원 들머리에서

산책하듯 걷는 발걸음 가볍고
조롱박 주렁주렁 자라는 오름길
으름과 다래도 함께 매달려 웃는다.

한동안 가물었기에 계곡의
물줄기조차도 졸졸 흐르고
선녀 폭포 눈물처럼 겨우 떨어진다.

늦은 오후 수락 폭포 찾아 걷는 길
나 혼자서 타박타박 발걸음 옮기는데
조용한 숲 속에서 외로운 산새가 운다.

제 4 부 소박한 행복

한 잔의 커피에도
늘 한결같은 부부의 정과
소박한 행복이 들어있네요

투박한 질그릇 커피잔에 담긴
아내의 넉넉한 마음이
고운 모습으로 비칩니다.

들꽃 향기

한여름 무더위 속에서도
하얗게 무리 지어 피어난 들꽃
개망초 꽃밭을 지나서

실개천을 따라서 걷는데
노랗게 수줍어하며 갓 피어난
달맞이꽃의 그윽한 자태

그늘진 인삼밭을 지나며
한적한 농가 뜨락 화단의
보랏빛 도라지 꽃 청초한 모습

개울물 졸졸 흐르는 풀숲
잠자리떼 한가로이 비행하고
땀을 흘리며 걸어서 올 때

그윽한 들꽃 향기에 취해서
하얀 개망초 꽃 노란 달맞이꽃
한 움큼 꺾어서 화병에 꽂았다.

여름 호수

하늘 위에 잿빛 구름이
두둥실 떠 있는 휴일 오후
한적한 여름 호숫가에서
조용히 마음 머물고 서 있다.

저 멀리 호수 너머서
먼 산의 모습 가물거리고
건너편 작은 섬의 푸른 숲
깊은 상념에 잠겨있는 듯

둥그런 섬 모래톱에서
보일 듯 말 듯 홀로 서 있는
외로운 백로 한 마리
시린 가슴 마냥 서럽다.

호숫가에 산들바람 불고
맑은 물 쉼 없이 흐르고 있을 때
고즈넉한 여름 호숫가에서
수려한 풍경 가슴에 담는다.

천일홍

중앙 현관 계단 위에
나란히 늘어선 황토 수반 위에서
꽃대 하나 길쭉하고

여린 잎 새 위로 살며시 솟아
딸기처럼 피어난
보랏빛 꽃송이 청순한 얼굴

늘 푸른 소나무에 살랑 바람이 매달리고
잠자리 떼 허공을 날아올라
조용히 가을을 재촉하던 어느 날

마냥 수줍은 보라색 꽃
그대의 가슴에는
어느새 가을 사랑을 품었구나.

연꽃처럼

오랜만에 장맛비 그쳐
비 갠 뒤에 숲에서
한 줄기 바람이 불어오면

연못 위에서 고운 모습으로
오롯이 피어나는 연꽃의 맑은 향기가
온 하늘에 퍼져 나갑니다.

연잎 위에서 진주처럼 영롱한
물방울이 또르르 구르는 소리도
허공에 청아하게 울려 퍼집니다.

분홍빛 고운 연꽃 봉오리들도
이곳저곳에서 손짓하듯이
수줍게 길손을 부르고

오히려 가까이 다가서면
너무나 부끄러워 얼굴 붉히며
조용히 두 손을 모아 합장합니다.

어느새 연밥도 하나둘 익어가는데
맑고 고운 연꽃은 이곳저곳에서
그윽한 모습으로 웃음 웃습니다.

연꽃의 연가(戀歌)

오롯이 두 손 모아 합장하며
정성으로 기도하듯이
온 세상의 맑은 기운을 담았습니다.

고운 임은 아무런 말 없어도
가슴속 온유한 사랑의 열기
한 송이 그윽한 연꽃으로 피었습니다.

하늘은 파랗고 흰 구름 풍성할 때
어디선가 불어오는 한 줄기 바람은
순결한 연꽃을 살며시 어루만지고

티 없이 맑은 그대의 모습
성스러움이란 그 무엇이던가
오롯이 임의 모습 속에 가득합니다.

앙증맞은 버찌

 제목 : 앙증맞은 버찌
시낭송 : 이은숙

스마트폰으로 **QR** 코드를 스캔하면
시낭송을 감상할 수 있습니다.

하얀 벚꽃의
화려한 모습을 언제 피웠나
차마 기억도 가물가물

오히려 벚꽃 떨어지던
만가(輓歌)의 모습
아직도 눈앞에 생생하다.

날마다 이른 더위 계속되어
더욱 초록빛으로
무성한 벚나무 숲에

한 줄기 바람이 불어와
살짝 들리는 잎 새 사이로
언뜻언뜻 드러나는 앙증맞은 버찌가

숲 속 벚나무 가지마다
가득가득 매달려
어느새 까맣게 영글어 간다.

여름 숲

팔월이 시작된 첫날 주말
한낮의 불볕더위를 피해서
숲 속에 들어서니 시원합니다.

여름 숲에 들어서자마자
조막만 한 작은 새들마저도
더위를 피해서 날아드는데

제일 먼저 매미와 쓰르라미는
큰 나뭇가지의 좋은 자리 잡고서
삭은 음악회를 열었습니다.

저만치 산들바람이 불어오니
여름 숲 속의 나뭇잎들도
시원한 바람 따라서 합창하는데

한낮의 무더위를 식히고 있던
작은 새들도 덩달아 신나는지
파드닥파드닥 날갯짓합니다.

보름달

어둠이 내린 창 너머 하늘 위
둥근 보름달이 조용히 떠 있습니다.

나 홀로 의자에 앉아서
넉넉한 보름달을 쳐다보노라면

언제나 내 벗님인 고운 달님
그냥 서로 아무런 말 하나 없어도

달빛 속에 내 마음 가득하고
내 마음에 달빛 또한 가득합니다.

달개비꽃

곱게 핀 달개비꽃 한 송이
촉촉이 내리는 빗속에서도
더욱 선명한 보랏빛 꽃입니다.

이슬비가 자락 내리고
하얀 안개 산허리를 감싸 안을 때
몸가짐에 흐트러짐이 없습니다.

속세를 떠나 수행하는 모습처럼
사 됨이란 전혀 볼 수 없는
언제나 맑고 순수한 꽃이랍니다.

비의 애가(哀歌)

아직도 눈물이 마르지 못하였어요
온종일 쉴 틈 없이 흐르는 빗줄기는
하염없이 내리며 마냥 울고 있네요

접시꽃 분홍빛 고운 얼굴 수줍어도
살며시 어루만지는 임의 고운 손길에
어찌할 바 몰라 고개를 들 수 없어요

시린 가슴에 북받친 설움 있기에
하염없이 넋을 놓고 울고 있는데
촘촘히 내리는 장맛비 속을 헤치면서

조막만 한 참새 떼들이 무리 지어서
포로 날갯짓하며 촉촉한 풀숲 사이로
먹이를 찾아 이곳저곳을 다닙니다.

영롱한 은구슬이 솔잎에 매달려있고
대숲에 하염없이 내리는 비 맞으며
댓잎에서 물방울이 또르르 굴러 내립니다.

맺힌 응어리가 모두 다 풀리지 않고
이렇게 멈출 수 없는 서러움이 가득한 것은
아마도 어떤 기막힌 사연이 있을 거여요

석류 1

아직도 가슴에 품은
수많은 사연이
터질 것 같이 많고 많은데

그리움 쌓이고 쌓이게 되면
사랑으로 절로 터져 나오리

붉고 붉은 석류는
사랑의 마음
한 줄기 가을바람에
허공으로 날아오르네

아름다운 마음과 마음은
바로 붉은 석류의 사랑이려오

석류 2

너무나도
얼굴이 붉게 물들었네요
가슴 또한
울퉁불퉁 불이 붙었어요

사랑한다
차마 말은 못하고
삐죽이 터져 나오려는
가슴속 애타는 마음

아~ 정녕 가을은
석류의 계절인가 봅니다.

눈부처

서로 아무런 말이 없어도
마주치는 눈동자 속에
그리움이 소록소록 쌓여있네요

괜스레 말 하나 없어도
마냥 두근대는 가슴속에서
존경과 신뢰하는 마음 가득합니다.

아무런 이유 하나 없어도
그저 마음만 통할 수 있다면
천 리가 지척이 될 수도 있겠지요

차마 그리움이 가득 쌓여도
몰래 가슴속에만 간직한 순정
처음 만났을 때의 느낌을
고스란히 간직한 삼십 년 세월

모처럼 마음 편해진 어느 부부
서로 얼굴 붉히고 마주 보며
그냥 눈부처 되었습니다.

작은 행복

누구나 삶을 살아가면서
행복을 꿈꾸며
그 희망으로 어려움을 이겨낸다.

억지로나마
행복을 잡으려고 하면
어느새 저 멀리 달아나고

조금이라도 욕심을 버리고
마음을 비우는 노력을
게을리하지 않으면

작은 행복은
어느 날 나도 모르게
내 곁에 조용히 찾아온다.

행복과 불행은
서로 멀리 있는 것이 아니고
내 곁에 가까이에 있기에

지금 행복한 마음은
어느새 불행한 마음으로
바뀔 수 있다.

누구나 삶을 살아가며
행복을 추구하지만
밖에서 행복을 얻으려고 하면
절대 쉽지가 않다.

비록 작은 것이라도
내 마음속에서 찾으려고
꾸준히 노력한다면

어느 순간 나도 모르게
작은 행복은
내 곁으로 살며시 다가온다.

소박한 행복

한 잔의 커피에도
늘 한결같은 부부의 정과
소박한 행복이 들어있네요

투박한 질그릇 커피잔에 담긴
아내의 넉넉한 마음이
고운 모습으로 비칩니다.

모카커피 향이 모락모락
구수한 커피 한 잔을
작은 소반에 들고 온 아내가

하루의 피로를 술 한잔하며
홀홀 털어버린 남편과 둘이서
서로 마주 보며 커피 마실 때

당신 먼저 한 모금에
그냥 내 마음이 좋아서
얼굴에 웃음을 띠고

나도 한 모금 마시면
당신의 얼굴에도
행복한 마음 가득합니다.

사랑으로

사랑으로 살아가는 세월은
날마다 범사에 감사하면서
나날이 새롭습니다.

멀리 떨어져 있는 가족을
날마다 가슴에 담고서
살아가는 나날들은 이렇게 애틋합니다.

사랑으로 살아가는 하루하루가
얼마나 감사하고 얼마나 행복한지는
사랑이 이 가슴에 철철 넘칠 때만
느낄 수 있을 뿐이랍니다.

또다시 가슴이 막혀 마음 문이 닫힌다면
하루하루의 생활이 버겁게만 느껴지는
어느덧 중년의 삶이겠지요

정(情)

정 하나에
맑은 가슴이 되고
정 하나에
서로 친근한 느낌이 든다.

인연이 없는 곳에
그 어찌 정이 있으랴
오롯이 인연 무르익어서
정을 서로 나눌 수 있다.

날마다 가슴에 품은
맑은 기운이 조금씩 우러나와
그윽한 향기 머금고
고운 정으로 새로 와진다.

정 하나에
이렇게 애잔한 마음
너와 나 농익은 우정으로
말 없는 사이가 될까

커피 향처럼

차츰 깊어가는 가을날
어느 고운 마음은 커피 향처럼
오롯한 향기를 풍기겠지요

깊은 밤 애틋한 마음으로
이따금 시린 가슴을
살며시 보듬어 안아주고

저만치서 찬바람 불어오면
커피 향처럼 짙은
가을 향기를 듬뿍 담고 싶다.

아침의 향기

이른 새벽 출근길에
어둠이 미쳐 가시지 않아
수은등 불빛은 하얗게 밝고

먼 산자락 마을에
하나둘 불빛이
별빛처럼 영롱하다.

늦가을 하얀 안개로
뒤덮였던 아침 풍경이
안개 걷히어서 모처럼 맑고

화창한 가을 풍경에
아침의 향기가
오늘은 더없이 상쾌하다.

늦가을 아침

이른 아침이 되면
어김없이 세상은 온통
희뿌연 한 안개의 바다

한 치 앞도 보이지 않을 때
저 멀리서 덜커덩거리며
철마(鐵馬)가 달려온다.

창문을 열어놓으면
스멀스멀 밀려오는
늦가을의 하얀 안개는

곧, 겨울이 다가온다고
조그만 목소리로
귓가에 속삭이듯 얘기를 한다.

은행나무 가로수 길에
간밤에 찬 바람이 몰아쳤는지
수북하게 쌓여있는 은행잎

온통 하얗게 내려앉는
가을 안개와 함께
만추(晩秋)의 아침을 노래한다.

제 5 부 대숲에서

언제나 푸른 대숲에는
늘 여유로운 정과 마음이 있고
살랑살랑 부는 바람에
댓가지가 조용히 흔들립니다.

조막만 한 참새들의 보금자리는
언제나 대숲을 정겹게 만들고
늘 푸른 색깔은 이웃한 솔숲과 화합하여
버거운 삶에 지친 마음에도
빙그레 웃음 찾아들게 한답니다.

솔숲

깊은 계곡 맑은 물이
널따란 바위를 감돌아 흐르고
나무 구름다리를 건너서

솔숲에 들어설 때
서늘한 가을바람 불어오니
솔방울 하나 툭 하고 떨어진다.

숲 속의 청량한 기운이
무거운 마음을 깨끗이 씻어내릴 때
어디선가 그윽한 송이 향이 풍긴다.

밝은 햇살이 비치면
가을비에 씻긴 솔잎은 맑게 빛나고
늘 푸른 솔숲은 언제나 청정하다.

솔 향

장맛비 내리듯이
힘차게 쏟아붓던 가을비 갠 뒤
푸른 산에 맑은 계곡 물이
콸콸 소리를 내고

구름다리를 건너서
청정한 솔숲에 들어설 때
쭉 뻗은 춘향목의 모습이
너무나도 멋스럽다.

초승달처럼 휘어진
구름다리 아래 계곡에서
하얀 물결이 휘돌아 감돌아
흐르고 있을 때

숲 속에 가득한 솔 향과
가슴 깊숙이 들어온 청량한 기운이
그동안 무거웠던 마음을
깨끗이 씻어내리고
오롯이 맑은 송이 향이 그윽하다.

밤비

창밖에는 칠흑 같은
어둠 내리고

가을밤 풀벌레 소리도
멈춘 깊은 밤

줄기차게 내리는 빗소리
음악 선율처럼 들린다.

아마 이 비 그치면
예쁜 낙엽 하나둘 늘겠다.

노을

바람이 잠시
휴식을 위해 그 숨을 고를 때

흰 구름은
가만히 떠 있어 동작을 멈추고

늘 숲에서 들리던
풀벌레 소리도 멎은 이 순간

먼 산 능선 위로
노을이 조금씩 물들고 있습니다.

대숲에서

제목 : 대숲에서
시낭송 : 박영애
스마트폰으로 **QR** 코드를 스캔하면
시낭송을 감상할 수 있습니다.

대숲에 바람이 찾아와
변함없는 절개를 시험하고
솔숲에는 청정한 마음이
자리 잡고 있습니다.

하얀 돌 틈 사이로
졸졸 흐르는 시냇물을 바라보며
이마에 흐르는 땀을 식히고 있노라면

어느덧 버거운 삶에 지친 영혼을 추스르고
또다시 힘차게 도전할 수 있는
용기가 샘솟습니다.

언제나 푸른 대숲에는
늘 여유로운 정과 마음이 있고
살랑살랑 부는 바람에
댓가지가 조용히 흔들립니다.

조막만한 참새들의 보금자리는
언제나 대숲을 정겹게 만들고
늘 푸른 색깔은 이웃한 솔숲과 화합하여
버거운 삶에 지친 마음에도
빙그레 웃음 찾아들게 한답니다.

해당화 아가(雅歌)

아련히 젖어드는 눈시울 속에
마냥 가슴을 부여잡고 슬픔에 잠겨서
그대 눈물방울처럼 피어난 꽃

연보랏빛 꽃잎에 서린
고운 임의 사랑은
남몰래 돌아서서 흘리는 눈물 같아요

너무나 여린 가슴속에 물안개처럼
모락모락 피어오르는 그윽한 향기
그대의 이름은 바로 해당화

깊고 푸른 산

맑은 물 흐르는 산속에서
솔향기 향기롭고 산새들 노래할 때
흰 구름은 빙그레 웃음을 웃고 있다.

파란 하늘에서 밝은 햇살 비칠 때
하얗게 빛나는 바위틈에서
시원한 석간수 졸졸 흐른다.

계곡에 언제나 맑은 물 흐르고
이름 모를 꽃을 감상하며 지낼 수 있는
깊고 푸른 산에서 살고 싶어라.

낙엽 한 장

숲 속 어디선가
한 줄기 소슬바람이
불어옵니다.

벚나무 가지에서
벌레 먹은 낙엽 한 장
팔랑거리며

휘하고 비행을 하다
잔디밭 옆에
살며시 착지하였습니다.

이파리 한 귀퉁이가
벌레 먹어 뻥 뚫어졌어도
저리 고울 수 있는지요

심술궂은 찬바람은
떨어져 뒹구는 낙엽 하나
그냥 놓아두지 않습니다.

또다시 부는 바람 앞에서
예쁜 나뭇잎 한 장
데구루루 굴러갑니다.

나무의 향기

간밤 매섭던 추위에
잔뜩 움츠렸던 나무들이
아침의 맑은 햇살에
상큼한 향기를 뿜어냅니다.

맑고 고운 잔가지가
밝은 햇살을 받아
아름다운 빛을 반사하고

늘 푸른 저 소나무는
우뚝 서서 늠름한 기상을
내보이고 있습니다.

언제나 나무의 덕을 흠모하며
말없이 서 있는 푸른 솔의
맑은 솔 향을 가득 담고 싶다.

실개천

밤새 찬바람이
매섭게 불더니
실개천에 얼음이 제법 얼었다.

이미 벌거벗은
나뭇가지마다
찬 서리가 하얗게 꽃을 피우고

먼 산에서 달려온
싸늘한 바람
창문에 하얀 성애를 만들었다.

실개천 달려 내려와
머무는 개울가에
얼음장 둥둥 떴는데

작은 물고기 떼
무엇이 그리 신나는지
이리저리 몰려다니며 먹이 찾는다.

개여울

매섭게 불어오는
칼바람 때문에
개여울에 얼음이 둥둥 뜨고

겨울나기 준비하는지
작은 물고기떼
이리저리 먹이 찾아 몰려다닌다.

청둥오리 세 마리
부지런히 물고기 사냥하는
개여울에 겨울이 왔다.

하얀 반달

아직 어둠이 내리기 전
뒷동산 위로
하얀 반달이 조용히 떠오릅니다.

이제 어둠이 찾아오니
노랗게 웃음 지으며
어느새 온 누리를 비춥니다.

찬 바람 불어와
나뭇가지에 걸려 있을 때
시린 가슴에 훈훈한 사랑이 깃들어
절로 감사한 마음 되었습니다.

사랑은 온유하다 했으니
싸늘한 바람 불어도
벌거벗은 나뭇가지에는
그리움이 살짝 내려앉았습니다.

겨울 풍경 1

먼 산 능선 위에
흰 눈 쌓여있고
산마을 감나무 꼭대기

잔뜩 얼어서 매달린
조막만 한 까치밥
하나둘 세어보니 모두 아홉 개

어디선가 까치 세 마리
배고파 날갯짓하며 날아와
빨간 연시 부리로 톡톡 쪼고

마을 앞 맑은 연못
청둥오리 한 마리 찾아와서
물놀이하는 모습 정겹다.

겨울 풍경 2

백두대간 정기를 이어받은
가섭산 눈앞에 우뚝 솟아 있는데
갓 지은 목화솜 이불 덮은 듯
온통 하얀 눈으로 뒤덮여 있고

산골짝 아래 깊숙이 자리 잡은
천 년 고찰 미타사는
동면(冬眠)하고 있듯이
눈 속에 푹 파묻혀 있다.

백룡희주형(白龍戲珠形) 길지에
자리 잡고 있는 공원묘지에
우뚝 서 있는 황금색 지장보살은

하얀 설경 속에서 더욱 빛나고
옹기종기 모여 있는 산마을도
눈 속에 푹 파묻혀 잠들어 있다.

가섭산 골짜기 깊숙한 곳의
천 년 고찰 미타사에서
오늘도 어김없이
저녁 예불 알리는 범종 소리가

혼탁한 세상을 정화하면서
온 세상을 향해 일깨우듯
장엄하게 울리고 있는데

저만큼 산자락에서 쌩하고
찬바람이 불어 젖히는
매서운 한파가 몰아치는 저녁입니다.

1. 가섭산 : 충북 음성군에 있는 산 이름
2. 미타사 : 가섭산 골짜기에 있는 천 년 고찰(千年 古刹)
3. 백룡희주형(白龍戱珠形) : 풍수 용어로서 백룡이 여의주를 물고
   희롱하며 놀고 있는 곳처럼 풍수 길지를 풀이한 사자성어

겨울 향기

희붐한 여명이 찾아올 때
외투 깃 올리며 길을 나서고
코끝을 스치는 싸늘한 바람
겨울 향기를 느낄 수 있어 좋다.

또다시 불어오는 찬바람
대숲도 덩달아 춤을 추는데
단잠에 취해 있던 참새들
놀라서 화들짝 날아오르고

밤새 불어 젖히든 바람 때문에
언덕 위 겨울나무 아래
흰 눈이 수북이 떨어져 쌓여서
아침 햇살에 반짝 빛난다.

빈 둥지

지난봄 작은 새 부부가
모과 나뭇가지에 예쁜 집 짓고서
귀여운 새끼 기르던 작은 둥지 하나

한여름 초록 나뭇잎 무성할 때
포로 날갯짓하며 들락날락하던
알콩달콩 작은 새 가족의 보금자리

한겨울 불어 젖히는 찬바람에
집주인 모두 떠나 텅 빈 둥지가
아직도 고스란히 매달려 있다.

서산으로 뉘엿뉘엿해 넘어갈 때
노을빛에 곱게 빛나던 외로운 둥지
이따금 바람만이 찾아와 들여다본다.

겨울 계곡

먼 산 우뚝 솟은 곳마다
흰 눈이 가득 쌓이고
겨울 계곡의 맑은 물도
얼음이 꽁꽁 얼어있다.

산비탈 응달진 곳에도
눈 가득 쌓여 있어
비탈길마저도 보이지 않는데

저만치서 야생 멧돼지
한 마리가 꼬리를 살살 흔들며
한가롭게 어슬렁어슬렁
겨울 계곡 곁을 지나간다.

겨울 산

조령산 아래
문경 새재 옛 선비길
오늘까지도
그 자취 오롯이 있다.

하얀 눈 쌓인 솔숲
솔 향 가득하고
황토방 지붕 위
모락모락 피어나는 연기

자연 휴양림 속
방갈로에 머무는 가족
겨울 풍경에 취하고

등산하는 사람들
걸머멘 배낭에
겨울 산이 가득 담겼다.

겨울비

하얀 안개처럼 내리던
이슬 같은 겨울비에
수줍은 동백은 고개 숙이며
슬픔을 감추고 있습니다.

꽁지를 까딱거리다
포로 날면서
풀숲 사이를 헤집고 다니는
작은 새들은
찬바람에 어쩔 줄 모르고

겨울비 내리는 휴일
창밖에 풍경은 한 폭의 수채화
양 짓 녘의 매화는
벌써 꽃망울 터트리려
꽃봉오리 톡 내밀고 있습니다.

산사에서

고즈넉한 겨울 산사에
반으로 쪼개놓은 대나무 홈통
졸졸 흐르는 물소리 적막을 깬다.

수정처럼 맑은 석간수
오히려 달고 시원해
표주박에 한 모금 떠서 마시며

지그시 눈 감고 마음 추수를 때
잠시 잊고 살았던 내면의 소리
귓가에 속삭이듯 또다시 들려온다.

올 한 해 어떻게 지내왔는가?
그동안 켜켜이 쌓인 무거웠던 마음
모든 것 몽땅 다 내려놓으라 한다.

들국화 연가

임재화 제 2 시집

초판 1쇄 : 2015년 10월 23일

지 은 이 : 임재화

펴 낸 이 : 김락호

디자인 편집 : 이은희

기 획 : 시사랑음악사랑

인 쇄 : 청룡

연 락 처 : 1899-1341

홈페이지 주소 : www.poemmusic.net

E-Mail : poemarts@hanmail.net

정가 : 10,000원

ISBN : 979-11-86373-21-7